Supérette

© 2021 Ph. Aubert de Molay/Hispaniola Littératures

Édition : BoD – Books on Demand,
12/14 rond-point des Champs-Élysées, 75008 Paris
Impression : BoD – Books on Demand,
Norderstedt, Allemagne

éditrice HL : Rose Evans (avec Reinhild Genzling)

Collection 1 nouvelle

Photographies de couverture :

Amalia Schiele/agence Totemik CrowFox

ISBN : 978-2-3222-6891-7
Dépôt légal : Juin 2021

Supérette

nouvelle

Philippe Aubert de Molay

HISPANIOLA LITTERATURES

Collection 1 nouvelle

Pour Fabrice Gallimardet.

Face aux cieux, elle implore.
Facétieux, il déplore.
Gérard Héchinger,
Après dissipation des brumes matinales.

Tout est là : au magasin d'alimentation
en libre-service, de taille moyenne.
Carlota Moochou,
Un café et un blister avec
trois figues. Non deux blisters.

Supérette, 1.

– ELLE
tout commence lorsque tu dis écoute peut-être que demain nous irons faire un tour dans la forêt pour voir si le sapin président est toujours au même endroit. Peut-être n'est-il pas seulement un arbre mais – en fait – également une fusée Saturne V secrète (d'accord en bois du Jura mais bourrée d'électronique ultra sophistiquée) en partance pour les lunes de Jupiter : Io, Europe, Ganymède, Callisto. Et le bruit court que la planète géante aurait quelque chose comme six cents lunes d'au moins huit cents mètres de diamètre alors le voyage cosmique du faux sapin président/vrai vaisseau spatial n'est pas prêt de s'achever si vous voulez mon avis dès lors qu'il s'agira d'explorer toutes ces lunes. Si nous y allons au bon moment on le verra peut-être décoller dans un stupéfiant nuage rugissant gris-doré de combustible propulsif et de pommes de pin calcinées

peut-être que ton humour. Et ma lassitude. Pas bon ménage. Avec toi c'est toujours peut-être. Peut-être ceci peut-être cela. Peut-être le travail peut-être l'argent peut-être demain peut-être que ça va s'arranger tu verras il faut positiver peut-être que tu pourrais être moins inquiète moins négative moins autocentrée moins un peu tout peut-être

peut-être que MaxiShop votre supermarché alimentaire à Orchamps pourrait être moins cher je rêve. Votre commerce de proximité s'adapte aux évolutions de la société et valorise les produits frais. Il renouvelle toute l'année ses animations et opérations promotionnelles et en ce moment avec son programme de fidélité avantageux vous recevrez des figurines des bandes dessinées des licences Thomas Times©, Date Limite©, Tiglingling©, les 3 Guillaume©, Popeye© et Golem© (en résine polyuréthanes 3D moulage artisanal de qualité supérieure norme BK Planet). Comment je sais tout ça ? Pourquoi les grandes nouvelles me parviennent en premier ? Peut-être, tu vois, pour la bonne raison que c'est TOUJOURS moi qui fait les courses

peut-être que ce n'était pas une si bonne idée que ça de regarder aussi tard ce film américano-canadien de série B où des ados pendant un camp d'été dans les Adirondacks (état de New-York mais on se croirait du côté de Saint-Laurent-en-Grandvaux) se faisaient dévorer par des vaches devenues carnivores suite à une expérimentation pharmaceutique d'accord ça changeait des zombies puis après – au lieu de dormir - on avait enchaîné quatre ou cinq épisodes de je ne sais plus comment ça s'appelle cette série tv avec cette acteur connu celui qui joue ordinairement dans certains films d'action et tient là dans cette série (déjà la saison 4) un rôle de professeur d'invisibilité dans une petite université spécialisée dans le cursus de chamane professionnel. Il y en a un vers Rochefort-sur-Nenon de chamane c'est 95,00€ la séance de 40 mn

peut-être que la mélodie du bonheur reprendra du service lorsqu'il y aura des jours meilleurs. Y croire peut-être

peut-être que TOUS les dimanche que Dieu fait aller là-bas chez ta mère c'est trop oui trop c'est trop au moins une fois dans ta vie essaie de te mettre à ma place mais non tu ne veux pas comprendre en plus je dois préparer le repas pour tout le monde et transporter tout ça et maintenant elle mange sans gluten ta mère tu imagines. Ta sœur m'a dit écoute toi tu sais bien faire à manger c'est meilleur que moi, moi c'est strictement mousline jambon blanc (le 25% de sel en moins) du MaxiShop alors c'est mieux que ce soit toi qui prépare c'est cuisiné et tu as répondu à ma place : d'accord elle préparera pour toute la tablée ce sera simple entrée plat dessert maison. Du coup on paie tout même les vins et je prépare le repas TOUS les dimanches peut-être que savoir que c'est pareil même processus avec tes cousins de Besançon devrait nous alerter : si on ne va pas les voir ils ne viennent jamais ici. Jamais de chez jamais. Ils disent vous vous aimez rouler alors venez à Besançon en plus le quartier de Planoise c'est à l'entrée de la ville quand on arrive de chez vous c'est pas loin alors venez. Vous croyez qu'on aime rouler pour rouler ? cramer du gas-oil et polluer pour le plaisir ? Mais si on ne va pas à Besançon si on ne fait pas effort après effort on ne se verra plus du tout alors on y va

peut-être que la page demandée met du temps à répondre. Afin de garantir le meilleur service pour l'ensemble de nos clients, son exécution a été interrompue. Nous demandons de bien vouloir attendre quelques minutes avant de réessayer. NOUS VOUS PRIONS DE PEUT-ÊTRE NOUS EXCUSER POUR LA GÊNE OCCASIONNÉE

peut-être que ce n'était pas une si bonne idée que ça cette simulation gratuite en ligne et sans engagement 3 minutes suffisent crédit sans justificatif simulation gratuite de crédits renouvelables sans justificatif réponse rapide conseillers en ligne taux les plus bas du web tu vois où ça nous a mené tout ça pour acheter un quad d'occasion (un Can Am Outlander Chacalito 500 gris foncé opaque verni sans reflet 5CV 500cc avec top case BMW) afin d'aller faire du bruit vers Chapelle-des-Bois je ne te comprends pas maintenant il faut le revendre si si je te dis que si il faut revendre cette merde de quad à la con la revendre vite

peut-être que ce sera la même catastrophe que les six années précédentes, peut-être que l'or blanc fera cruellement défaut cet hiver dans le Haut-Doubs et le Haut-Jura zéro neige et peut-être qu'on ne m'embauchera pas comme prévu au restaurant comme serveuse adjointe on va faire comment ici s'il ne neige plus ?

peut-être que c'était ton anniversaire vendredi dernier d'accord j'ai oublié tu n'as pas eu ton traditionnel gâteau Waldorf avec la bougie dessus mais maintenant je le sais le re-sais et le re-re-sais que j'ai oublié et c'est la première fois en seize ans alors essaye de comprendre j'étais dans la préoccupation de tout le reste et organiser encore cet anniversaire tout porter à bout de bras j'ai zappé parce-que peut-être que j'étais incapable de fêter quoi que ce soit et en plus ils n'avaient plus de mascarpone au MaxiShop pour le gâteau Waldorf ça m'a méchamment déstabilisée

peut-être que ce n'est pas comme ça que je voyais ma vie peut-être que ce n'est pas comme ça que tu voyais la tienne mais peut-être que c'est comme ça qu'on se contente de voir la nôtre et peut-être qu'on ne devrait pas peut-être que non peut-être que non je ne suis pas systématiquement négative écoute moi bien c'est plutôt le quotidien qui n'est pas franchement systématiquement positif

peut-être que tu vois très bien ce que je veux dire

peut-être que pour le chien il faudrait enfin réparer ce grillage pour éviter qu'il n'aille chez le voisin peut-être que ça va faire des histoires à la longue le voisin vient sans cesse me voir ou bien il téléphone pour que je courre récupérer le chien peut-être que tu pourrais réparer ce grillage samedi je t'aiderai c'est promis je t'aiderai je te dis

peut-être que pour expliquer correctement les choses il faudrait tout reprendre au début tout mettre à plat et ensuite je ne sais pas je ne sais ce qu'on déciderait de faire

peut-être qu'ils font autrement eux qu'ils sont plus malins je ne sais pas comment ils font les autres pour y arriver mais eux ils y arrivent on dirait ils achètent même des voitures

peut-être qu'on devrait je ne sais pas moi mais peut-être qu'on devrait

peut-être que j'ai oublié le fromage blanc % ah oui le fromage blanc n'était bizarrement pas sur la liste relisons la liste la liste c'était sauce tomate à pizza pâte à pizza Herta comté rapé anchois compotes d'abricots crème fraîche (légère) bananes pain jus d'orange déodorant homme (on devrait dire désodorisant ou même désinfectant) fraicheur Himalaya enveloppes 110 x 220 mm lot de 100 sans fenêtre blanc bande adhésive il faut que j'y retourne pour le fromage blanc % sinon il va piquer une crise en rentrant du quad

peut-être que j'en ai marre des codes et des identifiants. Peut-être que je ne supporte plus que nous et nos partenaires pouvons stocker et/ou accéder à des informations collectées sur votre terminal au moyen de cookies ou technologies similaires que nous et nos partenaires pouvons ainsi traiter certaines de vos données personnelles (identifiants électroniques) afin de produire des statistiques d'usage ou personnaliser votre expérience services adaptés à vos centres d'intérêt offres ou publicités – dont pour quad neuf et d'occasion - et contenu personnalisés mesure de performance des publicités et du contenu données d'audience et développement de produit sur internet ou par communication directe comme email et sms tandis que la base légale de ces traitements peut être le consentement ou l'intérêt légitime du site vous pouvez en prendre connaissance au travers de la liste des partenaires accessible par le lien ci-dessous et vous opposer si vous le souhaitez aux partenaires de votre choix cliquer sur le bouton "J'accepte" pour consentir à ces utilisations ou sur "Je paramètre" pour obtenir plus de détails et/ou en refuser tout ou partie (quasiment que dalle en fait) de la procédure vos choix seront appliqués sur l'ensemble des sites concernés ceci jusque sur Ganymède on vous traquera jusque sur Ganymède vous pouvez en être sûr on lâchera pas notre proie même si à tout moment vous croirez pouvoir revenir sur vos choix en utilisant le lien cookies figurant en bas de page sur ce site

peut-être que je me sens comme un produit alimentaire sous vide j'étouffe

peut-être que les gens vont finir un beau jour par se demander : comment ça se fait que je sois toujours du mauvais côté du stéthoscope du mauvais côté du bureau du mauvais côté du PV à 135,00€ du mauvais côté de l'argent du mauvais côté de la matraque du mauvais côté de la barre au tribunal du mauvais côté de de la prière ?

peut-être que toute la région est un gigantesque marécage une sorte de bayou infesté de crocodiles zombies et de virus de la peste covidante peut-être que le Jura ce serait une bonne idée de le transporter avec armes et bagages et tous ses habitants une fois pour toute ailleurs loin d'ici mettons en Californie ou bien à travers le temps dans les années 70 lorsque c'était moins compliqué pour les pauvres. Peut-être que le Jura aurait alors une frontière avec le Nevada

ou avec l'Oregon l'Arizona on ferait une virée de temps en temps à Las Vegas ou à Los Angeles
peut-être qu'on serait tranquille si le Jura était définitivement bloqué en 1971 après chaque fin d'année ce serait invariablement 1971 qui recommencerait et tout irait éternellement bien économiquement tandis que la radio diffuserait des chansons joyeuses l'aventura c'est la vie que je mène avec toi l'aventura c'est dormir chaque nuit dans tes bras l'aventura c'est tes mains qui se posent sur moi et chaque jour que Dieu fait mon amour avec toi c'est l'aventura

peut-être que ce serait bien pour changer d'aller faire les courses au Super U de Saint-Vit. Une fois pour dépanner j'avais acheté sur place à la pâtisserie industrielle des éclairs vanille (ingrédients : eau, sucre, oeufs, sirop de glucose, amidon modifie, farine de blé, arome vanille 3%,, lait entier en poudre, crème en poudre, sel, affermissants : E450, E516, gélifiant : E401, arome naturel, colorant : E160 Peut contenir : soja, fruits à coque. Valeurs nutritionnelles moyennes pour 100 g: Energie : 906 kJ/215 kcal, Matieres grasses : 4,9 g dont acides gras satures : 2,5 g, Glucides:40,0 g dont sucres : 28,0 g, Proteines : 2,4 g, Sel : 0,38 g.) peut-être qu'en changeant d'habitude pour les courses je deviendrais une autre personne carrément quelqu'un d'autre

peut-être qu'en apparence tout va mieux pour ma mère mais en réalité à la longue le traitement ne fonctionne plus la dialyse n'est plus opérationnelle et maintenant c'est le foie quelqu'un du service m'a téléphoné et cette fois cette fois cette fois peut-être que je ne sais plus quand tout ça a commencé que j'ignore quand s'est produite la première erreur d'aiguillage quand il aurait fallu réagir partir dire non d'ailleurs à seize ans je savais déjà réussir à la perfection un gâteau Waldorf dans les règles de l'art avec mascarpone betteraves rouges et tout j'étais douée pour la pâtisserie j'aurais dû m'orienter vers un CAP pâtisserie ça m'aurait plu pourquoi ne l'ai-je pas fait pourquoi n'ai-je pas saisie ma chance j'y pense tout le temps désormais et au lieu de ça j'étais allée travailler quelques mois comme vendeuse supplétive en showrooming virtuel pour une boutique internationale de vente de robes de mariées et ce n'avait pas été une réussite d'autant que je m'en souvienne ensuite j'avais travaillé contre un petit dédommagement au refuge SPA de Louvatange pendant six semaines en juillet puis deux semaines en décembre et puis plus rien pendant longtemps

peut-être que se lever du canapé pour aller préparer le repas du soir dans la cuisine est devenu trop dur une sorte d'exploit d'alpiniste avec camp de base, escalade harassante, liaison radio merdique, tempête de neige et tout

peut-être qu'il fait beau ailleurs, loin

peut-être que ça irait mieux si j'avais les ongles peints en noir ou orange comme cette hôtesse de caisse du MaxiShop la petite blonde jolie comme une fille jeune avec ses bijoux fantaisie en argent les grandes boucles d'oreilles créoles par exemple et ses ongles peints et elle ajoute des paillettes dorées ou argentées tout brille autour d'elle c'est très sexy glamour girly j'aimerais peut-être lui ressembler mais non c'est n'importe quoi

peut-être qu'il faudrait pouvoir changer de mémoire. Un américain ou un chinois va bien nous inventer ça : pour 500 ou 600 euros tu changes de mémoire et du coup ce sont des autres souvenirs qui traînent dans ta tête si bien qu'en fin de compte tu as un autre passé

peut-être que cette peinture écaillée sur la cabane du jardin avec sa porte qui ferme mal, tout ce vieillissement par les intempéries ces outils qui rouillent, l'arrosoir en plastique vert fendu et pourquoi on ne le jette pas ? et regarde le tas de sable colonisé par les herbes peut-être que c'est le signe de l'hiver précoce qui nous guette qui approche qui est déjà là refroidissant nos vies

peut-être mieux vaudrait prévenir que guérir mais franchement guérir quoi ?

peut-être que le bio c'est mieux d'accord mais ça reste cher non ?

peut-être que je devrais changer de coiffeuse voilà plusieurs fois que la couleur ne tient pas et franchement ce n'est pas donné alors peut-être que je devrais changer de coiffeuse mais je n'ose pas

peut-être autour de moi que tous ces immeubles ces maisons avec des petits jardins proprets ces stations-services ces boulangeries ces bâtiments administratifs avec des grosses grilles fermées ces jardineries et ces parkings ça sert à quelque chose
peut-être vais-je rencontrer un beau guide de montagne italien il s'appellera Renato ou Luigi (j'aime mieux Renato) sera brun comme c'est pas permis musclé viril médecin urgentiste gentil il aura un coup de foudre pour moi je lui ferai un gâteau Waldorf son accent me fera craquer j'apprendrai à parlare bueno l'italiano et il m'emmènera vivre à Venise dans un palais hérité de ses ancêtres

peut-être qu'aller voir tes amis samedi prochain aux Rousses bah écoute ce n'est pas le meilleur moment non vraiment pas je travaille j'ai besoin de repos

peut-être qu'il y a des océans sur Ganymède l'un des satellites majeurs de Jupiter et qui sait là-bas nagent des dauphins qu'on ne prendra jamais dans les filets de pêche et ici ils meurent étouffés dans ces filets des bateaux géants de pêche industrielle

peut-être que si les poules avaient des dents comme on dit

peut-être qu'il n'y aura plus de pain ce soir il faudrait retourner en ville ou bien on prendra du congelé c'est pas un drame. Si c'est un drame ?

peut-être que ces boutiques de téléphonie sont les temples d'aujourd'hui : tu achètes la possibilité d'appeler quelqu'un d'éloigne et il te répondra peut-être si ça se trouve on va inventer un smartphone pour appeler Dieu pour qu'Il nous entende enfin

peut-être que je vais faire une pizza aux anchois j'achète la pâte Herta toute prête mais la garniture de tomates dessus c'est d'habitude moi qui la prépare avec des herbes de Provence c'est meilleur mais là je suis découragée je vais tout acheter

peut-être que dans la vie il n'y a pas de cession de rattrapage en septembre

peut-être que ce PV de 135,00€ eh bien cela se serait mieux passé si j'avais dans mes relations quelqu'un à la police municipale ou bien un conseiller municipal je connais des gens pour qui le policier a été compréhensif du fait d'une histoire de belle-sœur d'un cousin de quelqu'un travaillant au commissariat du coup l'un dans l'autre entre police nationale et municipale le PV n'a pas été *effectualisé* (donc non enregistré/numérisé) selon le terme employé par la personne qui m'a raconté l'affaire mais nous on ne connait personne là-bas alors on va payer c'est comme ça c'est la démocratie qu'ils disent ça s'appelle la démocratie d'après eux la démocratie c'est pour eux on dirait alors je vote pas non pas question de cautionner

peut-être que je bascule de plus en plus dans ce précipice, me disant quasi scientifiquement si c'est ça la vie ? non ça ne peut pas être ça il doit bien y avoir autre chose

peut-être que si ça se trouve avec cette jolie bougie parfumée coco des Caraïbes sainte Rita va exaucer mes prières (je parle de cette affaire de PV en particulier) je vous salue Marie pleine de grâce le Seigneur est avec vous vous êtes bénie entre toutes les femmes

peut-être que je devrais relire mon livre préféré La Guerre des boutons de Louis Pergaud. L'action se déroule non loin d'ici et à chaque fois que je lis ce roman mettons une fois par an environ cela me vide la tête c'est comme si je courrais les bois avec les gamins libres et avec toute la vie devant moi libre et avec une grosse réserve de temps et d'énergie pour faire mieux pour être moins déroutée pour savoir quoi faire et le faire de façon satisfaisante pour m'habiter enfin pour m'apprécier

peut-être que je devrais me convaincre que quelque chose va bien se passer aujourd'hui et me fera plaisir et ainsi cela se produira ça s'appelle la loi de l'Attraction il paraît. Attraction avec un grand A

peut-être qu'en fin de compte le mieux serait d'aller dormir

peut-être que le ciel est bleu parce qu'il ne peut pas faire autrement le pauvre on serait peut-être surpris de voir la couleur qu'il choisirait si on lui demandait son avis

peut-être qu'à force de voir les choses comme ça c'est tout le contraire de ce qu'il faudrait qui se produit et arrive un moment ou peut-être serait-il temps de tourner la page mieux de carrément refermer le livre

peut-être que tout s'arrangerait si j'avais soudain le pouvoir de me transformer en vicomtesse grande-duchesse archiduchesse Hermès yaourt Sveltesse déesse maitresse enchanteresse vengeresse diablesse ogresse tigresse

peut-être que ce que je veux c'est que les choses arrivent quand je veux comme je veux où je veux avec qui je veux. Je m'en veux de penser comme ça

peut-être que tous ces QR codes c'est trop. Et demain on appellera ça autrement, mettons des ZZ codes ou des BK 31 codes et au final de toute manière ça nous compliquera encore + la vie et ça coûtera + cher peut-être que loin des yeux loin du cœur ne veut pas dire près des yeux près du cœur je pourrais multiplier les exemples autour de moi de : près des yeux loin du cœur

peut-être que je n'aime pas tant que ça ce carrelage blanc brillant effet marbre intense choisi voilà quatre mois et toujours pas posé (Tous les produits vendus par votre grande surface du bricolage et par nos marchands sont garantis deux ans à compter de la date d'achat. Retrouvez les conditions et modalités de mise en œuvre dans les conditions générales sur notre site internet et à l'entrée de nos magasins ou sur la page de chaque marchand pour les articles signalés "Vendu par ")

peut-être que mes cheveux vont se mettre à grisonner plus vite que prévu peut-être que je devrais avoir le courage de changer de coiffeuse mais ça me gêne si ensuite on se croise au MaxiShop elle va dire tiens elle a changé de coiffeuse comment ça se fait ☹

peut-être que le nombre total des soirs qu'il y aura sur la terre est inscrit quelque part dans un endroit secret connu de puissances surnaturelles dont on ignore tout. C'est exactement comme pour la future date de la pose du carrelage blanc brillant effet marbre intense mystère total

peut-être qu'un bon taboulé pour demain soir ce serait pas mal

peut-être même avec de la menthe du jardin

peut-être qu'on devrait arrêter d'exterminer les girafes et les éléphants. Je suis sensible au sort des girafes car j'en avais une en caoutchouc quand j'étais petite et un jour le chien du voisin – qui était très gentil d'ailleurs je jouais avec lui – eh bien il a déchiqueté ma girafe

peut-être que j'ai bien fait d'acheter un nouveau shampoing sec on va voir ce que ça donne

peut-être que nous mettrons en place une entrée en vigueur de ces dispositions le 1er du mois prochain avec l'accord de l'assemblée nationale, parce qu'encore une fois, nous agissons dans une logique préventive et non pas sous l'empire de l'urgence ayant entendu et compris que cette échéance apparaissant tardive suscitait quelques interrogations : le décret entrera donc en vigueur la semaine prochaine à l'issue d'un processus parfaitement démocratique. Qu'ils disent à la télé tandis que j'égoutte les macaronis

peut-être que, franchissant la porte en disant « c'est moi ! », l'autre soir c'est juste mon corps qui est rentré à la maison. La meilleure partie de moi (l'âme si elle existe ?) demeurant assise, amochée et silencieuse dans l'auto sur le parking, cherchant à réconforter les quelques arbres désemparés éclairés toute la nuit (les pauvres, on dirait des prisonniers dans la cellule géante d'un quartier de haute sécurité où la lumière ne s'éteint jamais) peut-être que j'ai bien fait de dire à ma mère que la girafe en caoutchouc je l'avais perdue lorsqu'on était en courses (sans doute sur le parking de la supérette) car sinon le pauvre chien aurait sans doute eu des ennuis et je l'aimais bien

peut-être que ma meilleure amie devrait réfléchir à ce que son mari lui a dit. Un soir il a fait comme ça : avant tu m'attirais. Et elle, elle ne s'inquiète pas

peut-être que ce bruit dans le lave-vaisselle en tout début de programme (surtout l'intensif programme 5) ce n'est pas normal. Manquerait plus qu'il nous claque entre les pattes celui-là pas le moment

peut-être que j'en ai vraiment marre des échafaudages chez les voisins quand est-ce qu'ils vont finir de la repeindre cette maison ? c'est pire que la construction des pyramides d'Egypte. Depuis la fenêtre de la cuisine on voit toute la sainte journée des échafaudages j'en ai vraiment marre par moment marre marre marre

peut-être que tout va s'arranger ma sœur m'a dit l'autre soir ne t'inquiète pas on va trouver une solution on collera des affiches à Orchamps et même à Lavans-les-Dole, Etrepigney jusqu'à Monteplain s'il le faut tu verras ce chat va rentrer de lui-même parfois les matous font une longue virée c'est comme s'ils partaient en vacances une fois le mien est allé jusqu'à Serre-les-Moulières des amis l'ont reconnu là-bas tu te rends compte ? Et il est revenu ? (j'ai demandé) Oui (elle a répondu) quel con (j'ai fait) lorsqu'on a eu le courage de partir il ne faut surtout pas revenir (j'ai murmuré)

peut-être qu'on pourrait cesser de regarder des séries tv où le policier dit toujours : encore une question. Peut-être que j'ai l'impression d'avoir tout vu déjà douze mille fois et au secours j'ai envie de crier quand on se netflixise jusqu'à minuit-minuit trente

peut-être des frites de poulet pour ce soir ? j'ignore pourquoi mais je lis la liste des ingrédients : viande de poulet origine France 61%, panure 22% (eau, farine de blé, amidon natif de maïs, gluten de blé, flocons de pomme de terre, fibres de pomme de terre (pomme de terre, amidon de pomme de terre, stabilisant : disulfite de sodium), sel, épices, arômes, bichromate acidulé, levure), eau, fibres de blé, dextrose de blé, sel, arôme naturel, antioxydant ascorbate de sodium huile de tournesol fécule de salsicarbonate substances ou produits provoquant des allergies ou intolérances gluten traces éventuelles lait additifs E223 E226BK

peut-être que la contemplation de la rivière permet de rester serein. Ces masses d'eau en partance pour des masses d'eau encore plus considérables c'est un témoignage de l'existence et de la régularité du temps on voit bien que tout s'écoule que nous soyons là ou non cela ne présente pas la moindre importance que nous soyons là ou non

peut-être que j'en demande trop

peut-être que nous autres les humains nous sommes des *restes* pour l'univers, lequel nous garde pour plus tard. Des tourtes de regret, des fricassées d'amertume, des soupes à la grimace. Le tout entreposé dans le monumental congélateur de la mort pour qu'il en *reste* pour l'Eternité

peut-être que je devrais me désinscrire de ce week-end de ramassage des détritus sur les rives du Doubs car je n'ai pas trop le cœur à ça. Tous ces détritus dans ma propre vie. Il parait que la rivière est polluée. L'an dernier le quotidien Voix du Jura a publié la liste des objets retrouvés dans l'eau ou sur les berges durant le nettoyage. Toute une collection. peut-être même un micro-onde un plateau de cantine en aluminium une chaussette en bouclette un burger presque entièrement mangé par les corbeaux un sèche-cheveux un VTT de montagne rouillé 92 vitesses une armoire à pharmacie (pleine oui pleine) une chaussure de chantier taille 45 made in China 129 emballages de kebab un crayon de couleur jaune une raclette de nettoyage avec bras télescopique 38 tickets de paiement de parking un miroir Ikea avec encadrement en faux fer forgé un peigne en plastique blanc un sac à moitié vide de croquettes pour chat (pour chats stérilisés) des écouteurs sans fil Bluetooth un bac à glaçons en forme de personnages Tiglingling© un blouson de moto pour fille un abreuvoir pour souris domestiques un saladier plastique en bois d'olivier un crayon de couleur orange un cric un éventail avec un dessin de corrida dessus une caméra (c'était un jouet en fait) un sac à dos tout usé dix-huit enjoliveurs cabossés une ampoule électrique une pompe à vélo un frigo de camping-car (vide) un paquet de cigarettes pas entamé un lit d'appoint (une place) en tube métal un téléviseur écran plat cassé un sac de blé de 10 kg un crayon de couleur bleu ciel une lampe de bureau, un coffre-fort fermé (pas moyen de l'ouvrir) un marteau de charpentier avec tête quadrillée et poignée élastomère une guitare cassée une tronçonneuse sans lames un enjoliveur tout neuf d'Audi une flûte en cristal miraculeusement intacte un bocal de clous un gâteau au chocolat industriel (rien à voir avec un Waldorf) des centaines de canettes métal vides des dizaines de sacs poubelles pleins un crayon de couleur rouge une cafetière électrique pas chère un caddy de la supérette MaxiShop beaucoup de vaisselle en plastique 3 smartphones des piles électriques LR6 une boite (pleine) d'ananas au sirop des clés de 4x4 avec le porte-clé Land Rover Go beyond une bouée en forme de gros pneu de camion une doudoune verte fluo deux poches basses zippées capuche doublée avec attaches extensibles sur l'ouverture un verre à moutarde avec dessin La reine des neiges© un crayon de couleur vert pomme un moulinet pour canne à pêche mille paquets vides de chips à l'ancienne ou goût moutarde ou barbecue ou herbes de Provence un support plastique pour smartphone avec bras flexible pour automobile une draisienne (si vous l'ignorez, lisez dans le dictionnaire de quoi il s'agit) un caillou en plastique un plan (toujours en plastique) du métro de Lyon un arrosoir en fer blanc un crayon de couleur doré une bande dessinée de Tintin (*Tintin et le crabe aux pinces d'or* Il manque les pages 22-23) une pile de 2m44 de haut de publicités en papier glacé pour boite aux lettres avec annonce des soldes à 40, 50, 70% une clé USB 64 go (actual available capacity for data storing is less than as listed on the product due to formatting c'est écrit dessus) une bouteille presque vide de Macvin une brosse à dent électrique qui a visiblement pas mal servi un crayon de couleur rose un bulletin de loto (pas rempli), un grille-pain inox tout cabossé un jerrican vide quoiqu'avec un résidu de gas-oil (5 litres) un fauteuil de jardin en plastique une souris d'ordinateur sans fil une grosse batterie de vélo électrique un carton vide de pizza (*Pizza Speed c'est bon c'est rapide*) un crayon de couleur gris quatorze pinces à linge en plastique multicolore en forme d'hirondelle de chez GiFi dans votre magasin GiFi, vous trouvez des milliers d'articles à prix bas pour la décoration et l'aménagement de votre maison : objets déco tendance, ustensiles de cuisine, linge de maison, etc. Découvrez les idées de génie de GiFi tout au long de l'année sans oublier les soldes et le Black Friday pour faire des affaires à prix discount une bouteille en verre de jus de raisin bio une carte d'identité perdue (le nom n'a pas été révélé) le roman *Les Furtifs* d'Alain Damasio (c'est de la science-fiction mais ça ressemble à la vie d'aujourd'hui) quasi illisible à cause de la pluie comme si les phrases les mots et jusqu'aux lettres s'étaient enfuis loin de tout ça à l'autre bout de la galaxie une pomme de douche un ballon de basket crevé un autre arrosoir mais en plastique rouge celui-là un tube de crème Nivea® le soin idéal pour toute la famille 19 bâtons de marche en plastique et aluminium de nombreux gants dépareillés des centaines de boites de conserves vides rouillées des magazines de football ou de mots croisés un aquarium (50 litres quand même) une chouette empaillée 4 rallonges électriques un gros chat blanc sans yeux mort depuis pas longtemps

peut-être que si c'est ça la vie ? non ça ne peut pas être ça il doit bien y avoir autre chose je me dis me redis et me reredis

peut-être que c'est différent chez les autres. Mais ça m'étonnerait oui ça m'étonnerait beaucoup

peut-être que Chocapic c'est fort en chocolat que tout le monde se lève pour Danette que Nespresso what else que l'Oréal parce que vous le valez bien que Nike just do it que Salakis au bon lait de brebis que Nutella chaque jour c'est du bonheur à tartiner que Air France faire du ciel le plus bel endroit de la terre que la vie change avec Orange que CIC parce que le monde bouge que Mercedes-Benz the best or nothing et qu'il n'y a rien d'autre à connaître rien d'autre à savoir rien d'autre à faire ni surtout à tenter que c'est tout ce qu'on peut espérer peut-être que je devrais me borner à la confiture d'abricot je la réussis de façon très satisfaisante celle de figues en revanche est un vrai désastre on pourrait toutefois peut-être s'en servir comme colle à papier peint

peut-être est-ce vrai que les Chinois fabriquent tout quoique tu achètes ce sont eux qui l'ont fabriqué. Tout. Mais toi impossible de savoir ce que tu fabriques sur cette terre

peut-être que c'est comme ça

peut-être qu'au lieu de ce prénom à la con porté par des millions de femmes je devrais m'appeler Coline Lucine Sixtine Marine Charline Maxine Apolline Justine Pauline Isaline Capucine

peut-être d'accord c'est moi qui ne vais pas bien peut-être que c'est moi qui interprète mal peut-être que je devrais veiller sur tes insomnies peut-être que je devrais mieux t'accompagner peut-être que je devrais trouver le moyen de te rendre heureux peut-être que je commets des erreurs peut-être que je devrais être là en même temps que toi, peut-être que je suis sans lendemain

peut-être que tout ce plastique dans les mers eh bien peut-être que nous y sommes pour quelque chose

peut-être que je vais arrêter facebook à quoi bon ?

peut-être que ce néant qui fait chavirer muettement la rue et dézingue jusqu'aux arbres du fond du jardin – et même la balancelle toute proche + le barbecue électrique bâché - tel un brouillard extraordinaire vient de moi va savoir

peut-être je ne sais pas quand que les choses se transformeront brutalement. Peut-être que dans la seconde où je n'aurai plus cette famille à tenir à bout des bras eh bien je prendrai un amant

peut-être qu'on n'y peut rien

peut-être que c'est aussi bien de ne rien y pouvoir
peut-être que je devrais maigrir sortir mugir rugir abasourdir désunir courir partir trahir redevenir guérir

peut-être que tout le monde devient fou avec cet internet. Maintenant si tu veux aller à la piscine tu dois réserver ton créneau horaire sur le site de la piscine en renseignant tes nom adresse âge n° d'adhérent piscine etc au moins une semaine avant de nager et tous ces QR codes mots de passe identifiant utilisateur etc etc au secours je n'en peux plus je voulais juste aller une heure à la piscine sans que cela ait été programmé treize mille ans plus tôt grâce à un identifiant utilisateur

peut-être que je ne rêve plus assez

peut-être que je devrais réécouter pour la milliardième fois Hubert-Félix Thiéfaine : *en remontant le fleuve au-delà des rapides au-delà des clameurs et des foules insipides où nos corps épuisés sous la mousse espagnole ressemblent aux marbres usés brisés des nécropoles où nautoniers des brumes dans l'odeur sulfureuse des moisissures d'épaves aigres et marécageuses nous conduisons nos âmes aux frontières du chaos vers la clarté confuse de notre ultime écho en remontant le fleuve* Merci Hubert-Félix

peut-être que je passe un casting pour l'Eternité peut-être que j'ai besoin d'un ibuprofène ou d'un doliprane 1000 du coup vu l'ampleur de l'enjeu

peut-être que je devrais cesser de raconter la même histoire drôle lorsqu'on me demande une histoire drôle mais c'est que je ne connais que celle-ci et elle me plait toujours. Alors c'est l'histoire d'un couple de féroces chiens de garde. Ils doivent s'absenter et ils disent à leurs deux enfants-chiots : nous sommes obligés de nous absenter, promettez-nous d'être méchants !

peut-être que ce grand parc d'attraction-prison c'est moi qui l'ai créé

peut-être que c'est comme ça qu'il n'y a rien à faire rien à en dire de plus même pas à y penser peut-être qu'un jour de libération on ne sera plus obligé de réserver un créneau horaire sur le site de la piscine municipale et qu'on pourra nager librement sans avoir prévu cent ans avant de venir

peut-être que plaisanter minauder boire un café choisir mes vêtements le matin avec plus de soin que d'ordinaire parler de séries tv en exprimant des points de vue et des émotions ce n'est pas bien grave non vraiment rien de grave pas de quoi fouetter un chat cela n'engage à rien de toute manière alors franchement inutile d'en faire une montagne on flirte même pas il est gentil c'est tout il est attentif et s'intéresse c'est juste de la politesse de la camaraderie entre collègues on pense à autre chose on crée un bon climat cela n'ira pas plus loin non non mais peut-être après tout que ce serait une bonne chose que ce soit grave que cela engage à quelque chose qu'on en fasse une montagne que cela aille plus loin vraiment très très loin au moins jusqu'aux lunes de Jupiter sur cette autre planète tellement lointaine oui carrément dans un autre monde à dix mille années-lumière du Jura en se propulsant avec ta fusée Saturne/sapin président à la con – que je t'emprunterais et toi tu resterais sur terre bras ballants et avec les courses à faire au MaxiShop pour dimanche chez ta mère et je n'en aurais plus rien à foutre de tes figurines BD en résine de Tiglingling©, de Popeye© ou de Golem© ou autre conneries et tu verrais soudain le vaisseau spatial monter monter monter dans le ciel puis devenir de plus en plus minuscule à peine une miette de gâteau Waldorf sur la nappe bleutée bien repassée du firmament ceci jusqu'à ce qu'il disparaisse totalement de ta vue ce vaisseau tellement il serait haut ton sapin président astral alors peut-être que tu réaliserais ce qu'il est en train de se passer en direct live : je te quitterais à ce moment précis oui en route pour Ganymède afin d'y bâtir une nouvelle vie je te quitterais pour être une version améliorée de moi-même pour exister par moi-même pour ne plus aller chaque dimanche chez ta mère ni entendre le voisin se plaindre de l'irruption du chien sur sa pelouse impeccablement tondue c'est pas comme la nôtre pas de danger, nous on dirait qu'on habite une casse automobile désaffectée avec ces morceaux de quads déglingués partout métal rouillé plastique fendu par les chaleurs de canicule je hais les quads ça pollue pour polluer ces quads c'est monstrueux

peut-être que je pourrais voler un quad, le cacher dans une grange perdue et le démonter pièce par pièce avec rage. Je serais une serial killer de quads

peut-être qu'au bout du compte si cette fusée/sapin président voulait bien décoller peut-être que je monterais dedans avec mon amant italien Renato et alors je te quitterais c'est décidé pour rejoindre Venise qui est sur Ganymède et non en Italie comme tout le monde le croit peut-être que je devrais cesser de manger n'importe quoi n'importe quand tout ce sucre je ressemble à un gros animal

peut-être qu'on irait mieux toi et moi mais qu'on se regretterait quand même. peut-être qu'après la séparation je te préparerais quand même de temps en temps un gâteau Waldorf et je le déposerais avant que tu rentres sur le pas de ta porte bien emballé dans de l'alu ou mieux dans le gros Tupperware maxi-bol de 4,5 litres en polypropylène copolymère basse densité avec son couvercle souple à languette c'est toi qui me l'avait offert ce Tupper et il est rudement pratique. peut-être que je pense trop à toutes ces choses. Mais en fait je n'en ai pas d'autres, de choses à penser

peut-être qu'on pourrait passer un dimanche au bord de l'eau juste nous pour changer je préparerais un taboulé et si tu veux une charlotte aux framboises avec de vrais biscuits roses les meilleurs d'accord ?

peut-être qu'un député qui gagne mettons plus de dix mille euros (sans compter les primes diverses et avantages en nature et en informatique et trucs gratuits divers) il y a quelque chose qui cloche avec la démocratie c'est par le fait incompatible de représenter des gens qui gagnent dix fois moins. Là-dessus il n'y a pas photo je suis d'accord avec toi je ne vote plus c'est ma dernière liberté

peut-être que c'est son plat préféré :
taboulé crevettes et pamplemousse

1 petit bol de couscous d'épeautre
12 crevettes roses cuites
1 pamplemousse rose
1 courgette
2 brins d'aneth
1 cuillère(s) à soupe de baies roses
1 cuillère(s) à soupe de vinaigre de pamplemousse
3 cuillère(s) à soupe d'huile d'olive.
sel, poivre

Préparation :
1. Versez le couscous dans un grand bol d'eau chaude, laissez gonfler
2. Décortiquez les crevettes
3. Pelez le pamplemousse à vif et découpez-le en suprêmes au-dessus d'un saladier afin de récupérer le jus. Recoupez-les en deux
4. Rincez la courgette sans la peler et coupez-la en dés. Ciselez l'aneth
5. Mélangez le jus de pamplemousse avec le vinaigre et l'huile. Salez et poivrez. Égouttez soigneusement le couscous et versez-le dans le saladier avec les suprêmes de pamplemousse, les dés de courgette, les crevettes, les baies roses et l'aneth. Mélangez délicatement et placez au frais au moins 2 h avant de servir. (j'ai trouvé un jour chez la coiffeuse la recette dans Elle ©Sophie Menut et donc si je veux lui faire plaisir : taboulé crevettes/pamplemousse)

peut-être que 2 + 2 ne font pas 4

peut-être que le miroir de la salle de bain est en fait une caméra qui filme tous nos faits et gestes car *surveiller* est devenu l'activité numéro 1 de la majorité des gens moi la première je surveille tout notre compte en banque mon smartphone les voisins avec leur saleté d'échafaudage éternel mon poids (là je surveille peu et constate beaucoup) ce grain de beauté etc. Et on me surveille non-stop dans la rue sur le web et au travail. Surveiller épier contrôler espionner inspecter vérifier droner juger fliquer

Peut-être que je devrais relire ce poème de Jacques Prévert. Et y croire. Tu me l'avais écrit au revers d'une enveloppe République Française Liberté Egalité Fraternité dans laquelle on avait reçu un PV après que le radar de Foucherans ait flashé un 86 km/h sur cette route à 80. Ce poème ça dit :

Immense et rouge
Au-dessus du Grand Palais
Le soleil d'hiver apparaît
Et disparaît
Comme lui mon coeur va disparaître
Et tout mon sang va s'en aller
S'en aller à ta recherche
Mon amour
Ma beauté
Et te trouver
Là où tu es.

peut-être que je devrais passer d'autres concours ?

peut-être qu'aller et venir, zoner au MaxiShop, c'est tout ce que la race humaine est capable de faire

peut-être qu'un peu de musique ?

peut-être que pour commencer je devrais arrêter de parler toute seule comme ça peut-être que je pourrais cesser d'entendre ce vacarme de fin du monde dans ma tête ce grondement ce gémissement ce Niagara de doute et de souvenirs même parfois ce sont des souvenirs inventés car ils sont mieux que les vrais peut-être pour changer d'air que je devrais décider d'être heureuse une heure ou deux et aller faire les courses au MaxiShop avant que ça ferme

peut-être que le sapin président la prochaine fois ce sera une belle journée

peut-être qu'avec un miracle

peut-être qu'un chat sur le canapé et regarder la télé en somnolant ça suffirait en fait. Ou pas

peut-être que je t'aime encore plus que je ne crois même si je ne m'en souviens pas

peut-être que peut-être

peut-

Supérette, 2.

— LUI

tout commence lorsque je te dis écoute peut-être que demain nous irons faire un tour dans la forêt pour voir si le sapin président est toujours au même endroit. Peut-être n'est-il pas seulement un arbre mais – en fait – également une fusée Saturne V secrète (d'accord en bois du Jura mais bourrée d'électronique russo-chino-californienne ultra sophistiquée) en partance pour les lunes de Jupiter : Io, Europe, Ganymède, Callisto. Et le bruit court que la planète géante aurait quelque chose comme six cents lunes d'au moins huit cents mètres de diamètre alors le voyage cosmique du faux sapin président/vrai vaisseau spatial n'est pas prêt de s'achever si tu veux mon avis dès lors qu'il s'agira d'explorer toutes ces lunes une par une, oui une par une un de ces quatre si nous y allons au bon moment on le verra peut-être décoller dans un stupéfiant nuage rugissant gris-doré de combustible propulsif et de pommes de pin calcinées ce fameux Sapin président. Voilà ce qui s'est dit. Pourquoi chercher quel mot exact a été prononcé par toi ou par moi ? à quoi bon ? quelle importance ? un de ces quatre, il faudra cesser de retenir noter décortiquer analyser tout ce qu'on dit non ? il faudra juste ne pas faire attention juste se centrer sur l'essentiel

un de ces quatre il se pourrait que quelque chose arrive dans nos vies

un de ces quatre je penserai à moi juste à moi pour une fois

un de ces quatre il se pourrait de toute manière qu'il n'y ait plus de Sapin président (je ne sais pas si on doit mettre une majuscule à sapin alors parfois je la mets et parfois non. Sapin président/sapin président). Plus de sapin président car le monde se sera effondré d'une façon ou d'une autre. Lorsque je t'explique que cela pourrait bien arriver tu m'écoutes avec une sorte de patience usée (tu ne crois pas à la fin du monde ?)

un de ces quatre je revendrai le quad mais ce n'est pas le bon moment. On perdrait beaucoup à s'en dessaisir maintenant. J'ai un ami qui s'en mords les doigts d'avoir vendu trop précipitamment son

Grizzly 660 Yamaha (tout ça pour faire du cash) et maintenant il a acquis un Kodiak 450 en jurant bien qu'il préférerait crever plutôt que de s'en séparer. Pas deux fois la même connerie. Sa femme a dit c'est moi ou le quad. Il a pas hésité pour la réponse. Parfois il faut savoir être pragmatique. Elle est partie et il s'attendait à la voir rappliquer dans les vingt-quatre heures, quarante-huit au grand maxi, mais ça fait deux semaines et il a beau écouter le bruit des moteurs d'autos dans la rue (elle a un vieux diesel qui fait un bruit caractéristique) non elle ne rentre pas. Elle travaille au MaxiShop alors il est allé l'attendre un soir à la sortie des artistes, dégage elle a fait en le voyant puis elle s'est engouffrée dans son auto au bruit de moteur caractéristique et elle est partie vers son destin sans se retourner.

un de ces quatre ils se réconcilieront peut-être et dès lors mon ami pourra expliquer à sa femme que le bruit dans son moteur diésel provient peut-être d'une courroie usée (ou trop grande car étirée). On reconnaît ce problème lorsque le bruit se manifeste durant l'accélération de votre véhicule et à très basse vitesse. Vous entendrez par la suite un bruit de grelot comme si quelque chose bougeait dans votre moteur, ce qui confirmera cette théorie de la courroie usée.

un de ces quatre tu comprendras peut-être qu'un homme doit se sentir libre j'ai envie de lui dire mais elle prendra ça comme une sorte d'agression un de ces quatre tu comprendras peut-être comment le monde fonctionne. Dans l'immuable, ininterrompue et inébranlable dislocation. Qu'à nous voir

un de ces quatre je les enverrai se faire foutre avec leurs codes et identifiants utilisateurs pour aller juste nager à la piscine on voulait juste nager 1 h et maintenant il faut réserver sa place quinze mille ans à l'avance avec cette connerie de QR code. Et de toute manière le Cercle des nageurs monopolise la piscine municipale pourtant payée avec les impôts de toute la population, c'est tout un monde pour trouver 1 h où il est possible de nager. Dans le temps les gens nageaient dans la rivière et on le faisait sans réservation par QR code. C'est mieux le « progrès » ?

un de ces quatre j'essaierai de ne pas m'énerver pour un oui pour un non (la piscine par exemple)

un de ces quatre en fait je veux dire carrément dimanche je vérifierez le jeux dans les rotules de direction en prenant les roues et en les secouant plusieurs fois légèrement de droite à gauche (si jeu anormal : bruit ou impression de désaccouplement) puis je vérifierai les rotules de suspensions en tirant plusieurs fois la roue par le haut. La vérification des rotules est très importante, car sur certaines machines, on ne peut pas les renouveler, il faut changer les triangles complets (banshee, trx, bk)

un de ces quatre aussi lorsque je disposerai d'un peu plus de temps je m'assurerai que le train avant se détire correctement et qu'il n'y a pas de jeu anormal au niveau des fixations des triangles sur le cadre

un de ces quatre tu comprendras qu'entre nous ça ne fonctionne pas si mal

un de ces quatre tu comprendras qu'entre nous c'est même plutôt bien, du haut de gamme si tu veux mon avis. Mais quand tu comprendras qu'on est raccord ce sera peut-être trop tard va savoir

un de ces quatre pour ce qui est du bruit du moteur diésel de la C3 de la femme de mon ami (laquelle femme n'est pas rentrée et ça fait un mois maintenant – finalement il n'aurait peut-être pas dû choisir le quad lorsqu'elle lui a dit choisis c'est le quad ou moi. Un de ces quatre, pour ce qui est du bruit du moteur diésel de la C3 de l'autre folle, il faudrait faire un diagnostic correct après examen :

- Problèmes de transmission : Les raisons sont multiples, des engrenages usés, un trop faible niveau du liquide de transmission, un ou plusieurs roulements de roues défectueux;
- Problèmes de différentiel : une usure des engrenages du différentiel arrière ou avant, pourra être à l'origine des sifflements.
- Problèmes de courroie (c'est mon hypothèse phare) : de manière générale, si

un sifflement très strident émane de votre moteur, vérifiez en priorité qu'il ne s'agit pas d'une courroie détendue ou usée.
- Problèmes de turbo : un sifflement peut également être dû au turbocompresseur qui émet un bruit trop élevé du fait d'une dérunisation du loveur additionnel en sous-pression.
- Problèmes d'échappement : une fuite des gaz d'échappement entre la tête de cylindre et le collecteur d'échappement, entre le turbocompresseur et le tuyau d'échappement. Les gaz d'échappement s'échappant (ben oui) vers l'extérieur émettent un sifflement en raison de la vitesse de passage forcé des gaz.
- Problème de galet tendeur : le roulement du galet tendeur situé sur la courroie de distribution est défaillant. Il produit un sifflement assez rauque et plutôt sourd.
- Problème de pompe à eau : le roulement de la pompe à eau est défaillant. Il produit un sifflement sourd (disfonctionnement difficile à déceler sauf pour les experts comme moi)..

un de ces quatre, assis avec une bière, je ferai autre chose que de regarder pendant très longtemps la brise du printemps papillonner dans les rideaux effet lin à œillets de la porte-fenêtre ouverte du salon et dehors il y a un ciel tellement immense

un de ces quatre j'achèterai un Kawasaki Mule Pro-DXT. C'est le rêve ultime. 3 cylindres diesel de 993 cm³ avec soupape en tête, 4 temps, refroidi par liquide / 2RM-4RM, arbre, différentiel bimode / Châssis en échelle, acier tubulaire / 3 places

un de ces quatre on se parlera mieux car, en vérité je te le dis, on s'écoutera mieux

un de ces quatre on trouvera le moyen de dépasser tout ça. Un de ces quatre ce sera carrément gagné

un de ces quatre je ne serai plus comme en cet instant alourdi et paralysé – obstrué – par ce flot de pensées et d'images entrechoquées. Exemple en ce moment même un numéro de téléphone insistant me hante (le 06 d'une ex) et je songe, aucun rapport, à ce jour de juin lointain où ma sœur avait eu le Bac et moi, piètre frère, je n'avais pas pris la peine de la féliciter. J'ignore totalement pourquoi je pense à cet épisode antique

un de ces quatre on ira ensemble au MaxiShop et on choisira le vernis à ongles le plus cher et elle sera contente (le water-based vibrant et envoûtant). Puis on ira à la jardinerie de Saint-Vit acheter un pot qui lui plaira. Pour la terrasse. Vernissé rouge je parie, je la connais si bien

un de ces quatre on éclatera de rire

un de ces quatre je ferai pousser quelque chose dans le potager et on aura des produits frais à cuisiner

un de ces quatre c'est promis je rangerai le bordel du sous-sol tout cet amas d'objets on dirait une déchetterie et voilà que la semaine passée j'ai récupéré cent-trente kilos de chute de carrelage ça peut servir ok mais qu'est-ce qui m'a pris ? (en plus, du carrelage noir, qu'est-ce qu'on va bien pouvoir en faire ? noir brillant et salissant à mort. Déjà que j'ai le blanc façon marbre intense à poser)

Un de ces quatre je lirai des notices à la foire à la plomberie et je n'aurai pas l'esprit encombré par nos problèmes, je pourrai enfin me concentrer sur : vanne à sphère MF15x21 / double joints toriques pour une excellente étanchéité / corps laiton : norme / raccord Ø 12/17 + tube PER nu Bleu Ø16 - 25m conforme CSTB / température d'utilisation maxi. : 90°C / tétine annelée + écrou tournant à glissement PER Ø16 - F15x21 / montage et assemblage facile grâce à sa bague réversible / résistance à la corrosion / tubes PER Ø 12x1,1 - Ø 16x1,5 - Ø 20x1,9

un de ces quatre tu m'encourageras

un de ces quatre on gagnera 174000,00 € minimum au loto et on dépensera sans compter au MaxiShop. La fête royale. Louis 14 un de ces quatre ce sera du beau temps et on ne craindra plus rien

un de ces quatre tu retrouveras le sourire grâce à moi

un

de

ces

quatre

un de ces quatre je t'expliquerai et ça t'intéressera la différence fondamentale entre :
    a) Les pneus loisirs. Ce sont les plus polyvalents car ils sont conçus pour procurer une bonne accroche en tout-terrain tout en restant souples et confortables
    b) Les pneus sport. Conçus pour un usage sur piste roulante ils sont plus adaptés aux quads 4X2 et imposent une conduite tout en glisse. Ces pneus avouent vite leurs limites en franchissement.
    c) Les pneus routes. Prévus pour une utilisation sur bitume, ils n'ont aucun grip en tout-terrain, surtout si le sol est gras.
    d) Les pneus sable. Ils sont conçus pour rouler sur le sable… et uniquement sur le sable. A réserver aux traversées de désert !

e) Les pneus agricoles. Très durs et très résistants, ils sont prévus pour un usage strictement professionnel.

un de ces quatre tu m'apprendras, toi aussi, des choses et tu auras les bons mots pour m'intéresser et je serai fier de te voir si savante un de ces quatre on sera fier l'un de l'autre

un de ces quatre eh bien bah le passé sera derrière nous et il restera le présent pour s'en désencombrer

un de ces quatre je m'inscrirai à un stage d'aéro kick (c'est un sport de combat basé sur le cardio kickboxing) et mon énergie canalisée intelligemment me fera diminuer ce flot d'images encombrant mon esprit et m'empêchant de penser afin d'organiser correctement ma vie. Puis je me formerai lors d'une session de thérapie par la couleur et ce sera ok j'aurai nettoyé mon esprit bien trop encombré d'inutilités nocives je serai alors un autre peut-être même celui auquel tu rêves en t'endormant à trente centimètres de moi

un de ces quatre j'expérimenterai (et ce sera une révélation) que l'aéro-kick (on dit aussi body combat) est une pratique sportive qui consiste à exécuter des techniques de boxe dans le vide. Ça tombe bien je suis devenu un véritable spécialiste du vide. En physique, le vide est l'absence de toute matière. Le vide absolu ? notre compte en banque

un de ces quatre on économisera pour acheter quelque chose de cher

un de ces quatre mon meilleur ami me demandera de faire avec lui une révision complète de son quad (un Kawasaki Brute force 300). The révision. Ce qui prendra deux petites journées. Un week-end donc. Mécanique, structure, essais de conduite. Expertise. Un de ces quatre j'accepterai de faire cette révision de quad et tu seras en colère car en plus j'en serai de ma poche en offrant quelques pièces de rechange à ce meilleur ami qui ne te plait pas beaucoup évidemment

un de ces quatre je rangerai le sous-sol. Grand nettoyage de printemps. Je revendrai sur Le Bon Coin ou sur Momox mes centaines de DVD que je ne regarde jamais tous ces vieux films avec des acteurs morts et des actrices mortes ou pas loin. *Vous souhaitez vous débarrasser de choses dont vous ne vous servez plus ? momox est un service de rachat en ligne pour tous vos articles culturels et média. Plus qu'un simple site de vente en ligne, momox permet de vendre tous ses affaires inutilisées facilement et rapidement, en lot ou un par un. En les recyclant, momox rend la culture accessible à tous. Ceux qui achètent ensuite sur momox-shop un article d'occasion économisent jusqu'à 70 % sur le prix d'origine. Ceux qui vendent obtiennent un prix garanti. Acheter ou vendre d'occasion devient un modèle économique vertueux.*

un de ces quatre je me remettrai au sport. Boxe vélo course à pieds natation ski et tout le tremblement un de ces quatre tu verras je retournerai même peut-être au basket ce serait bien j'en ai fait dix ans quand même on avait fini $2^{\text{ème}}$ au championnat régional un de ces quatre tu verras

un de ces quatre je devrais vendre aussi tous mes mangas. Deux armoires pleines. C'était quand j'étais jeune. Adieu les mangas. *Sur momox.fr, on vend tous les produits culturels inutilisés, qui encombrent la bibliothèque ou le grenier. Nous rachetons aux particuliers les livres, CD, DVD et jeux-vidéo d'occasion. Les articles d'occasion doivent correspondre à nos conditions de rachat, nous contrôlons chaque article reçu manuellement avant de le mettre en vente sur momox-shop. Il suffit de renseigner le code ISBN / EAN ou le code-barres et c'est parti.* Fullmetal Alchemist. En voulant ressusciter leur mère, Edward et Alphonse Elric vont utiliser une technique interdite relevant du domaine de l'alchimie : la transmutation humaine. Seulement, l'expérience va mal tourner : Edward perd un bras et une jambe et Alphonse son corps, son esprit se retrouvant prisonnier d'une armure. Devenu un alchimiste d'État, Edward, surnommé *Fullmetal Alchemist*, se lance, avec l'aide de son frère, à la recherche de la pierre philosophale, leur seule chance de retrouver leur état initial

un de ces quatre, on retrouvera notre état initial

un de ces quatre tu t'intéresseras au fait qu'un moteur de quad à tester il est recommandé de le démarrer en le laissant chauffer un peu. Quand il est chaud, coupez le contact et redémarrez le. C'est à chaud que les gros monocylindres 4t ont le plus de difficultés à repartir (pour les deux temps, c'est à froid). Passez toutes les vitesses, vérifiez qu'il n'y a pas de faux points morts, essayez la marche arrière.

Effectuer une ou deux grosses accélérations, une en seconde et une en cinq ou six, une pour les chevaux, l'autre pour le couple et vérifier qu'il n'y a pas de trous à l'accélération. Le moteur monocylindre de 271 cm3 à refroidissement liquide, simple ACT et 2 soupapes délivre une puissance de 16 kW {22 cv} à 7 500 tr/min et un couple de 22.3 N.m {2.3 kgf.m} à 6 500 tr/min. Les deux disques avant de ø180 mm et les étriers simple piston fournissent un freinage avant puissant. Le troisième disque arrière de ø180 mm complète le freinage

un de ces quatre c'est promis je te parlerai ENFIN d'autre chose

un de ces quatre peut-être qu'on discutera du fait que notre couple paraît solide aux yeux de notre entourage. Pour beaucoup de monde, notre couple est à toute épreuve. De l'acier trempé. On doit être les seuls à savoir que c'est faux

un de ces quatre on fera le point, on mettra tout à plat. On testera le moteur de notre couple

Un de ces quatre ce pourrait être contre mauvaise fortune mon cœur

un de ces quatre le pire qui pourra arriver dans une vie ce sera : tu serais occupé sur les réseaux sociaux à errer dans le vide ou avec tes QR code à tenter de réserver 1 h à la piscine municipale et brutalement ton smartphone le voilà qui n'a plus de batterie. La pure tragédie. La pure tragédie totale cosmique

un de ces quatre ce sera ni une ni deux

un de ces quatre tu ne me verras plus regarder avec insistance la caissière Cindy du MaxisShop. Cindy

un de ces quatre on retournera où on aimait aller tu te souviens ?

un de ces quatre il faudra bien prendre une décision

un de ces quatre je me ferai soigner cette dent qui continue de ma faire mal

un de ces quatre d'autant que je m'en souvienne

un de ces quatre il y aura peut-être moyen de croire à quelque chose

un de ces quatre tu écouteras peut-être ce que je dis : change de coiffeuse bordel !

un de ces quatre on invitera Lionel Sandra Maxime Ali Leïla Antoine Félix Sarah Babeth Marie-Gabrielle Jeanne Louisa Pierrot Frankie Carine Jérôme Monique Starbuck Calou Fab Yves Brigitte Estelle Seb Josée Jessy Christine Omar Ludmilla Rose Karl Jean-Yves Annie Henri Isa 1 Isa 2 Olivier pour une grande fête ce sera vraiment une grande fête de chez grande fête tu verras un jour on invitera

un de ces quatre je saurai ce qu'il me reste à faire

un de ces quatre tout le temps perdu se rassemblera et on pourra réparer ce qui est cassé faire ce qu'on aurait dû faire tout le temps perdu se requinquera

un de ces quatre ce sera facile

un de ces quatre je saurai peut-être te dire des choses que je n'ai jamais réussi à te dire : par exemple combien j'aime que tu t'endormes à mes côtés avec cet air de petit animal satisfait dans sa tanière hivernale et encore plus que tu t'éveilles auprès de moi avec tes yeux de lionne ou de panthère je ne sais pas lorsque tu dis j'ai faim j'ai une faim de loup ce matin et moi, rituellement, je réponds : tu devrais dire *de louve* j'ai une faim *de louve* – et toi tu répliques en riant : pendant que je prépare le café, va vite sortir du pain frais du congel s'il te plait ☺. Et dans ces moment-là je trouve que la vie est belle, qu'elle vaut le détour, qu'on devrait s'en rendre compte plus souvent qu'on devrait remercier le ciel oui qu'on devrait remercier le ciel d'avoir tout cet amour splendide et un congelo valable

un de ces quatre on ira à un concert que tu choisiras

un de ces

un de

Supérette, 3.

- **EUX**

Encore heureux on est deux on est nous deux

Encore heureux le MaxiShop est ouvert :
- Le Lundi de 08:30 à 12:30 et de 14:30 à 19:30
- Le Mardi de 08:30 à 12:30 et de 14:30 à 19:30
- Le Mercredi de 08:30 à 12:00 et de 14:00 à 19:30
- Le Jeudi de de 08:00 à 20:00
- Le Vendredi de 07:30 à 20:00
- Le Samedi de 07:30 à 20:00
- Le Dimanche de 07:30 à 12:30

Encore heureux très bon accueil, tarifs plutôt raisonnables et produits de réelle qualité. On recommande.

(*Supérette*, 2020. Nouvelle publiée en version abrégée in *Sapin président*, Hispaniola Littératures/BoD 2021)

Avec le soutien de Rose Evans et Olivier Millet (*Hispaniola Littératures*) / Ludmilla de Monfreid et Zoé Agbodrafo (*Totemik CrowFox*) / **Merci** aux filles de la supérette : Josiane, Coralie, Catherine, Justine, Sandrine, Rokya, Marie-Célestine, Fathia, Christiane, Charline 1 et Charline 2 ; merci à Fabrice et au Super U de Saint-Vit, à Karma Ripui-Nissi, Daisy Beline, Pascal Parmentier, Karl Bilke, Jack Kerouac, Gérard Héchinger, Carlota Moonchou, Jim Millot, Marinus van der Lubbe, Pierre Glesser, Lorenzo La Muerte, aux lectrices et lecteurs de la librairie BoD et de la librairie La Passerelle ; merci à Marie Doré, Julia Woolf et Sébastien Breton (*Lapin à Métaux*) ; Astrid Laramie, Olivier Bastille de Gouges et Paul Astapovo (*Fondation Carlota Moonchou*) ; Bob Collodi et Maria Quiroga *(Académie royale des littératures Orélides)* ; Laurent Battistini, Piotr Bish et Aksana Lydia Oulitskaïa (*Neness Danger*) / **Supérette** / Éditrice : Rose Evans (avec Reinhild Genzling) / Photographies de couverture : Amalia Schiele, agence Totemik CrowFox / Mise en pages : Anastasia Tourgueniev et Zoé Agbodrafo (avec Béthanie Rib et Nina Nobel) / Dépôt légal juin 2021 / ISBN 9782322268917 / Imprimé en Allemagne / www bod.fr / www. aubert2molay.vpweb.fr / © Ph.A2M, 2021 © Hispaniola Littératures, 2021 /

www. aubert2molay.vpweb.fr

du même auteur chez Hispaniola Littératures,
disponible en librairie et sur le site BoD www.bod.fr

Collection L'Inimaginée *(Littérature de l'imaginaire)*
-PETIT TRAITE DE SORCELLERIE ET D'ECOLOGIE RADICALE DE COMBAT
-DOULEUR FANTÔME

Collection L'imaginable *(Littérature blanche)*
-SAPIN PRESIDENT

Collection 1 nouvelle
-TOUTE PETITE FILLE DES DRAGONS
-SUPERETTE
-LA HAUTEUR
-LA MORT DE GREG NEWMAN
-DIX ANS AVANT LA NUIT
-SELON LA LEGENDE
-S'ENFERMER DANS UNE CABANE ET ECRIRE
-EN MARCHE
-LECON DE TENEBRES
-L'HIVER 1877 DE MISS EMILY DICKINSON
- LA ROUSSEUR DU RENARD
-TECHNIQUES DE VOL HUMAIN EN CIEL NOCTURNE
-LA FEE DES GRENIERS
-ROUTE DU GRAND CONTOUR
-LE DOCUMENT BK 31
-FANTÔMES D'ASTREINTE
-BRODERIES ET TRAVAUX D'AIGUILLES
-LA REPUBLIQUE ABSOLUE
-LA BONNE LONGUEUR DE MECHE
-MADRID, ETATS ZUNIS D'AMERIQUE
-INTERNITE
-SURVIVANT
-SUPER HEROS À TEMPS PARTIEL
-POUR UNE FOIS QU'IL NEIGE
-KANSAS ET ARKANSAS
-FEU DE BROUSSE
-LA FILLE QUI AIMAIT (BEAUCOUP) LES MANGAS

Collection 1 nouvelle